KB273518

세번째
나누고 싶은
인생 이야기

바람의 세월

곽재은

하나님의 사람을
만들어 가는 **엘맨**
ELMAN

세 번째 나누고 싶은 인생 이야기

바람의 세월

초판 1쇄 | 2025년 12월 20일

지 은 이 | 곽재은
펴 낸 이 | 이규종
펴 낸 곳 | 엘맨
　　　　　　서울시 마포구 토정로222
　　　　　　한국출판콘텐츠센터 422-3
전　　화 | 02-6401-7004
팩　　스 | 02-323-6416
홈페이지 | www.elman.kr
메　　일 | elman1985@hanmail.net
등　　록 | 제2020-000033호

I S B N | 978-89-5515-821-2
정　　가 | 13,500 원

바람의 세월

곽 재 은

들꽃 향기를 벗삼아

서쪽으로 기울어 가는 태양이 붉은 노을에 덮히어 간다. 살아온 세월이 보내기 아쉬워 노을 자락 붙잡고 씨름하듯 요사이 내 생활이 그리 녹록하지 않다.

사람이 강건하면 칠십 팔십 이라고했다. 꽃은 짧은 세월 피고지고 자연은 저리도 변함없이 우리를 유혹하는데 왠지 공허함이 덮쳐와 쓸쓸함이 앞선다.

이제 노년의 인생길을 걸으며 회한에 잠길때도 있지만 남은 세월 붙잡고 힘든 경주를 하기 보다는 마무리의 삶을 멋지게 살아가자고 다짐해본다.

늦은 가을 마당에 날리는 가랑잎이 인생의 한자락 답인가. 부모님 세대도 내 나이에 저런 감정을 느끼셨겠지! 그러나 글쎄? 아직 미련의 세월자락을 잡고 씨름하듯 영과 육이 건강하고 행복한 노년의 답을 삶에서 찾아가자.

오늘도 텃밭에서 할일을 챙기고 새벽을 친구로 하루길을 시작한다.

또한 메주쑤는 아내를 도우며 건강한 음식의 중요성을 느끼고 자연이 주는 지혜를 배우며 아름다운 삶에 적용하고 먹거리의 소중함을 깨닫는다.

젊은날 패기를 앞세우며 열정으로 살아가던 지인들이 하나둘 자리를 비워가는 막을수 없는 인생 시계 영혼이 건강하고 사랑의 사람으로 삶을 실천하며 살아가자. 천천히 걷고 느림에서 지혜를 배우고 지나간 세월에서 경험으로 얻어지던 열매들이 다음 세대에 아름다운 유산이 되기를 소망한다.

희뿌연 안개속 늪을 헤치고 힘차게 떠오르는 태양을 바라보며 희망으로 하루를 맞이한다. 서산에 걸치는 인생의 노을 자락이 쓸쓸함이 아닌 아름다운 삶의 길동무로 노년의 훈장으로 빛나기를 소망하며 오늘도 나는 주어진 시간을 사랑하며 다가오는 미래를 선물로 얻어지는 축복으로 준비한다.

내가 나를 소중히 여기듯 이 세상에 존재하는 모든 것들이 하나의 퍼즐을 맞추어 가듯 아름답고 짜임새 있게 이어져 오늘의 생활이 사랑으로 완성되는 아름다운 퍼즐이 되기를 기도하며 기쁜 마음으로 발걸음을 내딛는다.

들판에 어우러져 피어가는 들꽃들의 향연이 더없이 아름답다.

오늘을 허락하시고 사랑을 주시는 주님의 은혜에 감사한다.

차례

피노키오 연가

지금 곁에 있어 낯익은 네 모습이
좁은길 걷는만큼 어려움도 많았지

바람이 불면 부는대로 흔들리고
곱게 맺히는 이슬 방울 다 떨구고
삶의 의미를 찾아가는 세월만큼
내 인생의 연가는 영글어가네

토기장이 손길에서 빚어진 인생
대책없이 투정 부려보는 하루살이
때로는 아픈 다리로
서글퍼오는 마음 달래려고
나를 찾아 노리개가 되어본다

시간이 흐를수록 느껴지는
이 세상의 주인공은
너와 나 둘 뿐이니
찾아가 가고픈곳 머물며

한자리 찾아서 쉬었다 가자

마음으로는 누구라도
사랑할수 있으나
살아가기 힘들고 벅차
둘이 하나를 만들어 가는길
사랑으로 열매 맺어가리

시를 쓰는 즐거움

시를쓰며 쓰며 행복을 담는다
마음을 담고 사랑을 담고
나만의 이야기를 그려간다

기억속 이야기를 꺼내
그리움이라 부르고
앞날의 비전을 바라보며
희망이란 이름을 붙혀본다

마음의 생각을 끄집어내
색깔을 입히는 정원을 만들고
얼룩진 삶도 긍정의 힘으로
생각을 전환하고 바꾸어보는
아름다운 인생 이야기

천국을 바라보고 기도하며
주님과의 친밀한 교제로
응석부리고 투정대보는

소망을 담은 사랑의 대화

시를 쓰고 표현하는 것은
나를 살리는 추억이되고
외로움속에 숨겨두었던
아픔도 사랑으로 승화하는
성숙한 인격을 만들어준다

바람의 세월

아침은 희뿌연 안개속 나라
연한 갈색의 새날을 기대했지만
어제 저녁 노을빛 사라지더니
간간히 이슬비가 내린다

쉬엄 쉬엄 다가오는
짖궂은 가을 날씨가
한편의 서사시로 쓰여지며
삶의 이야기를 만든다

마음에 스며오는 아련함
계절의 단골 손님
고추 잠자리 하늘빛 향연
나뭇잎 친구 삼아
앉았다 떳다가 혼자서 논다

시간에 밀려 멀어져가는
둥지 떠나는 이 마음

오지 않는 발자국소리
공허한 세상 담은 이야기
바람끝에 날려 보내리

그리움이 깊어갈수록
기대고 싶은 지난날
잡을수없는 세월의 노래들
당신이 주는 사랑의 힘으로
희망의 새날을 열어갑니다

시골길

어릴적 나를 찾아가는 시골길
삐뚤어진 싸릿문 골목길따라
함께하던 소꿉놀이 친구들
소박한 동심 그리움으로 채우며
한평생 걷고 걸어온 마음의길

아침을여는 풀꽃냄새 이슬냄새
봄에는 봄이라서 좋았고
여름 가을 실개천 이어진 길가
흙발로 거닐고 소몰이하며
석양에 꼴짐 지고 귀가하던길

한세대 보내고 찾아온 수십년 세월
수양 버들 늘어진 가지 간데없고
진주 이슬 머금던 담장의 모란꽃
흙벽돌따라 자취를 감추었네

추억은 아련하게 미소로남고

눈동자에는 그리움 머무네
소쟁기 밭이랑 아련한 옛 이야기
잊혀가는 그림자 사랑 나를 가두네

시린 가슴 달래보는 잔잔한 미소
연륜이 쌓여가는 세월을 붙잡고
둥굴게 둥굴게 세상을 그려가며
기억속 그날들이 그립고 그립다

삶을 노래로

받은 사랑 40여년
내리 사랑 35년
사랑먹고 달리는 인생길
오늘도 안개속
미로속을 걸어간다

올라가기도 어려웠고
내리막길도 걸어보며
가장이라는 책임감으로
인내를 긍정으로
친구 삼아 살아온 세월

어느새 황혼의 문턱에선다
가시밭길 헤치던 10여년
미로의 길 광야의 삶
그길도 지나고 나니
그리움과 위로가 있었다

떠오르는 태양을 반기며
새롭게 시작되는 낯설지않은
오늘을 만들어가는 시간들
멈출수없는 인생길 여정
내안에 나를 찾아 걸어간다

약속

햇살 스미는 창가가 향기롭다
바람따라 스며오는 공기가
신선한 아침을 열어준다

자연이 좋아 걷는 산길에
입었던 옷조차 겉치장 스러워
벗어 던지는 나무들의 대화가
무언의 함성으로 들려온다

시들어도 떨어져도
희망은 내일을 낳고
인내와 고통의 순간에도
새로운 에너지를 충전해주는
내일을 여는 모순속 조화

가슴으로 느끼고 만드는
자연과의 밀어를 흥얼 흥얼
살아가는 순간들이 정겨웁고

평안으로 나를 살린다

나에게 찾아오는 시간들
기쁨과 소망 비전이 공존하는
사랑의 사람으로 존재하기를
다짐해보는 마음의 약속
내삶을 인도하는 에너지된다

향기

외로운 밤에는 별을 친구로
속삭이며 대화를 나눈다

더 외로울 때는 십대의
향수에 젖어 별을 세어본다

오늘도 내 삶을 흔들며
마음깊이 사연 만들고
흘려 보내는 미로길 인생

잊혀져가는 추억을 사연으로
회상하며 웃음으로 남기지만
가슴에 애려오는 그향기 시리다

밤하늘 가로지르는 별똥별
천만리길 멀다 않고 찾아와
아름다운 동화속 이야기로
지워지는 내마음 채우어주네

마음의 눈

아침에 눈을 떠 세상을 바라본다
세모를 네모로 바꾸어도 보고
창문을 열어 떠오르는 태양의
온기를 받으며 마음을 정리한다

다가오고 멀어지며 수많은
질문들이 꼬리를 이어가는 하루
보고픈 친구는 지금 연락하고
커피 한잔이 생각나는 시간
마시고 그향에 취해보자

마음을 녹여 사랑을 만들고
누군가에게 웃으며 다가가
아침 인사도 나누고

착하고 아름다운 이야기로
언제나 꿈을꾸며 살아가자

멍하니 창밖을 바라 보느라면
햇살은 저리도 곱고 고운데
바람속에 흩어지는 추억하나
장미꽃처럼 아름다운 사랑하나
모두 엮어 꽃처럼 피우어가길

오늘 밤하늘 별을 보게된다면
하나 둘 헤아리며 세어가다가
별빛이 너무 고와 나눈 이야기
소망으로 마음에 담고 담아
내일을 희망으로 기도하렵니다

삐에로

너 보내고 나서 허무한 마음
긴 삶의 끝자락 가슴이 시리다

떠나간 아쉬움 같이하던 세월
늘곁에 두고 그리움 쏟아낸다

뽀얀 먼지 떨어진 가방 헌운동화
반딧불 지혜로 형설의공 쌓던 시절
한송이 꽃으로 피어간 아름다운 추억
짧았던 사랑의 노래 그대와의 기억

달리는 시간 잊혀져간 계절에는
그리운 모습만 오로지 존재해간다

그대여 마음속에 숨어둔 숱한 이야기
불면의밤 스쳐가는 인연으로 사랑하리

먼길을 돌아 고향에서 걸어보는

낯설지 않은 추억의 한자리
수줍어 표현못한 그날들 떠올리며
지난난을 웃음으로 보냅니다

소금꽃

기다림이 큰만큼 계절이 길다
일년의 결실을 향한 로망
8월에 배추 심고 무씨 넣어
늦 가을 향하는 겨울 준비

9월의 네 번째 장날
아직도 날씨는 33도에
허우적 헉헉 정신을 못차린다

땀흘린 몸이 무겁게 반응한다
사는게 힘들어도
꽃 한송이 마음에 품고 살으리
시들고 떨어져도 다시 피어날
내일의 희망으로 마음의 꽃 피우리

긴~ 인생에 아픈 사랑 하나쯤은
추억속 친구로 남기어
내가 세상을 사는 이유로

순종의 마음으로 기도하며
창조주의 진리를 되새겨본다

비우고 채우고 다시 떠나는
아쉬움 남김없이 버려두고
내일을 향한 새로운 여정
넉넉한 사랑의 불씨가되어
내리는 가을비에 희망을 싣는다

꿈

지난밤 그대 향한 발길
그 집앞 서성이며
나르는 새가되어
그리움을 달래었지요

새벽에 빛나던 별들은
노을 보내고 땅거미 찾아
하늘위에 다시 집을짓고

어느새 찾아온 오월
연두잎 짙은 초록으로
붙잡을수 없는 세월
마음으로 숨은 이야기
자연이 숨겨온 밀어랍니다

낯익은 향기 그리워
가슴에 품은 사랑의 세월
못잊어 웃고 울어가며

꽃처럼 피워가던 그시절
그립고 그립습니다

언젠가 내곁에 머물러
절절히 기록한 사연들
눈물 흘릴 틈 조차없어
가슴에 감추고 감추던 사랑
일기장에 소북히 쌓여갑니다

나들이

봄을 알리는 향기가
바람끝에 실려온다

난 아니야 너도 아니야
외면하는 뜰안 화단은
삼월의 조용한 미풍이
추위를 밀어낸다

어제에서 오늘로 이어지는
미로속 거니는 인생나들이

삶에 지친 일상은 짐으로
바람이 불면 부는대로
누구는 여유로
어떤이는 사랑을 아파하며
공전하는 하루하루
그저 벗고 싶을뿐이지

내 마음은 오직 하나
그대는 지금 이곳에 없고
찾을수도 없는 세월의 무게
나는 오늘도 추억을 찾아
나들이를 떠난다

하얀 장미

동그란 달을 연상하며
창가에 기대어 나누는
너와의 사랑의 이야기

가지 마디마디 숨기듯
사연을 품고 간직하며
눈물어린 아픔을 감추네

쓸쓸한 마음자리 한구석
비우고 인내로 바라보며
가시머금은 사랑에
순결이란 의미를 찾는다

아름답게 포장된 이세상
위선으로 얼룩진 삶
눈녹듯이 씻어내리고
내마음 하이얀 꽃피우리

흔들리는 나뭇가지에
걸터앉은 너의 모습
꽃처럼 피고지는 인생길
사랑하고 사랑하며
고맙고 고마웠다 말하리

소망

새벽을 기다리며
희망을 노래하고
날마다 바꿔보는
인생의 시계

길게돌아 멀리멀리
오늘도 그길을 가본다

이별을 아파하고
즐거움에는 웃음을
그렇게 그렇게
보이지 않아도
농익는 내 삶의 노래

창공에 흐르는 구름
아스라히 여운을 남기는
추억을 붙들고
노을빛 친구삼아

오늘도 언덕길 걷는다

사랑이 없으면
그리움이 없고
그대 없으면
이세상의 존재도
허전한 빈공간 일뿐

우리만의 꿈을꾸고
마주하는 인생길 걸으며
사랑으로 허기진
마음 채우어간다

어느날 문득

나이가 들어가는게
자랑인가 했더니
어느덧 세월이
망각의 친구가되어
황혼길 끌고있네

보름달 친구삼아
커피 한잔이 주는 여유
창가에 스미는 달빛이
시리도록 아름답다

일기장에 빼곡히
쌓여가는 인생이야기

언제까지 그리운
추억을 남기고 갈까

작은 화분에는 꽃을

마음에는 희망의 나래를

싹이나고 잎이나고
봄빛이 너무 새로워
화단에 몽울지던 진달래
분홍빛 사연을 적어
희망의 편지를 보낸다

백록담 가는 길

철죽꽃 바위 틈에 살포시 피어나고
연초록 나뭇잎 움터오는 봄날
한라산 주봉 남해를 지척에 품은
영실 기암 등산로에 아침이 열린다

겨울이 채 떠나지 않은 산 허리
눈부신 햇살 기운 받아 새싹 움트고
오고 가는 길손 맞이하는 산장에는
저마다의 이야기 꽃이 피어간다

아픈 역사 모진 바람 같이하며
돌길 따라 느껴 보는 애환의 역사
자연을 벗삼아 발걸음 내 딛으며
내 마음 너를 통해 위로 받는구나

또 바람이 불면 부는 대로 살다가
그 작은 바람 이기지 못하면
언제나 처럼 어디에서든 가고픈 곳

사철나무 진달래 향기로 꽃 피어가는
이 길을 회상하며 내 삶을 사랑하리

작은 숨소리

맑은 하늘 바라 보노라니
구름 한조각 떨어지는
아픔뒤에 한폭에 그림이
이야기를 만든다

하루를 열어주는 동녘하늘
가을을 담은 들녘에는
작은 풀잎을 오가는
뱁새들의 노래가 자연속에
희망의 아이콘이 되고

살아가고 살아있음이
천국의 모형을 보는듯한
기쁨에 시간을 잊어가는
또 하나의 추억을 남긴다

허공을 메꾸는 귀뚜라미
절규섞인 울음소리

하나의 낭만을 만드는
시절따라 찾아오는
개천가 반딧불이 축제

기쁨과 슬픔이 공존하는
터널같은 인생길을
위로받고 감사하며
자연의 질서를 존중하는
오늘이 나를 일으키네

밤비

어둠을 가르는 빗소리 들으며
어제 뿌린 씨앗의 소망을 듣는다

미루지말고 지금하라고
봄비는 저리도 시절 따라오나

속삭이듯 들려오는 생명의 소리
너무 좋아 그대에게 감사의 마음
전하고 또 전하여 봅니다

혹이나 내마음 말라가면
당신이 주던 그사랑 생각하며
곱게 피어가는 꽃들의 희망을 볼께요

자연의 섭리에서 지혜를 배우며
감사하며 살아 가야할 이유
향기로운 삶의 노래가됩니다

아픈 사랑

하늘이 무너지지않는 것은
사랑이 공간을 채우기 때문

어제도 오늘도 마음은
아프고 아픈데
희망으로 찾아온 여름비
시든 꽃잎 반갑다 웃으며
오늘의 생명수 된다

이쁜 꽃잎 한잎 두잎
떨어지는 꽃잎마다
사연이 묻어나고
생애에 대한 소망은
마음의 꽃으로 살아난다

오늘도 꽃이 핀다
저 꽃처럼 살아야겠다

시간속에 흐려지는
추억속 토막 사연들

자연에서 소망을 품고
내일의 이야기를 만들고
긴 인생에 아픈사랑 하나쯤
이또한 나의 것이니
희망으로 바꾸며 살리라

반딧불이

하루의 소망을 웅비하며
붉게 떠오르는 태양
시원하게 울어대던
매미 소리 나뭇잎 베고
잠이든듯 고요가 흐른다

참외를 따서 까먹다가
맛이 너무 좋아
추억속 옛날을 더듬는다

잊혀가는 개구리 참외
노랑 줄무늬 참외
늘어진 호박 넝쿨
어린시절 소중하게
간직해온 갖가지 기억들

무더운 삼복을 지나며
단골로 쓰여지던

대나무 부채는
정겨움의 기쁨을 주었고

밤하늘 별빛 희롱하듯
개천가 날아다니던
반딧불이 추억이
오늘의 아름다운 이야기로
지난날의 삶을 말하네

응원

하루가 지나면 역사가 쌓이고
오늘의 고된 삶도 추억이되어
아름다운 이야기로 남는다

내몸을 움직이는 가장 강한 혀
울리고 웃기고 슬픔과 기쁨도
이웃과의 친밀한 관계와 사랑도
향내나는 말로 만들어가자

마음이 외롭고 쓸쓸할 때
가슴에서 피어나는 따듯한말
언제나 따스한 사랑으로 피어나
이웃과 공동체에 힘이되는 응원의
말을하며 오늘을 살아가자

어김없이 돌고 도는 하루의 시계
떠오르는 태양은 차가운 겨울에도
유난히도 밝게 비추인다

산다는것은 곧 희망의 연속이다

삶을 펌푸질하는 심장소리
부드러운 마음으로 사랑으로
애타는 가슴 하나 달랠수 있다면
꽃 한송이 피워가는 말한마디
나를 살리고 꿈을꾸는 샘물이된다

눈물

사랑이 그리울 때
슬픔이 도를 넘을 때
마음을 담은 눈물이
삶의 이야기를 만든다

세상의 외면을 경험하고
살아갈 이유조차 먹먹
기쁨으로 찾아오는 순간도
눈물속 감춰진 사연도
나의 인생 노래가 되었지

어둡고 쓸쓸한 밤
반짝이는 별빛이 잠시나마
삶의 위로가 되고
흘러간 동심이 한없이
아름답고 그리워질 때

눈을 감고 그려내는

지난날 추억속에는
그리움에 자꾸 익숙해지는
오늘이 무한 서럽다

꽃 한송이 한송이 심으며
기도하고 살아온 세월
어느새 서산에 걸쳐가는
내 인생 붉게 물드는 황혼길
아름답게 불태우며 살아가리

인생 편지

초등학교 입학 하던날
어머니는 가슴에 코흘리개
수건을 달아주셨다

책보자기 둘둘 말아 등에 메고
칼집 흔적 가득한 책상위에
교과서 펼치며 꿈을 만들고
몽당 연필 친구 삼아
그리고 써 나가던 학습장

일년을 그렇게 친구들과
아옹 다옹 추억을 만들며
글 읽히고 배우던 꿈같은 세월
학교 운동장은 최고의 놀이터
자부심 가득하던 우등상장

가난한 삶에도 꽃은 피고
어두운 골목길 친구도 생겼다

반세기 넘은 세월 돌고돌아
그 시절 이야기 만들어본다

꿈 찾아가던 텅빈 운동장엔
지우지 못한 어린날 추억 아련하고
현대식 건물엔 풍금대신 피아노소리
은은하게 흘러 그리움이 묻어오네

가슴으로 피워가던 사랑의 노래
시들지 않는 마음의 꽃이되어
희망으로 오늘을 노래한다

비전

오늘밤 달빛은 요원하고
별빛은 어둠을 밀어내려
초롱초롱 빛난다

가로등 밑 흐르는 정적
가슴에 파고드는 외로움
첫사랑에 대한 추억도
죽마고우와의 이별도 아닌
세상이 비어가는 허전함

왜일까! 그리움인가?
세월을 잊고 걷고 싶다
하루 하루의 삶을
아름답게 채색하지 못해도
좀 쉬어 가고 싶다

흘러가는 세월이
흔적없이 사라져 가지만

숨겨지는 시간 마음 사랑이
혼합되어 추억의 그림자로
나만의 이야기를 만든다

밝아오는 새날 새벽은
나를 자라게한다
꿈을 심고 나아가자
희망으로 열매를 맺자
살아갈 이유가 더생겼다

외로운 천사

눈이 바람이되고 꽃이된다
하이얀 꽃 흩날리는 12월
송림골 사랑의 쉼터 찾아
혼자 걷는 길위에
그리운 마음 같이한다

흘러간 추억이 한구절
마음의 노래로 남고
흐터지는 기억들이
한편의 인생 드라마로
그리움을 만드는곳

긴~ 이별의 외로운 시간
수십년의 흔적은 마음의 꽃
주름진 얼굴에 미소로 남아
희생으로 걸어온 발자취
추억속 마음의 행복이된다

어둡고 쓸쓸한 밤이어도
별하나 바라보며
동공속에 만들어 가는 사연
나 또한 그대들의 기억
되찾아 작은 사랑 보냅니다

유한한 인생길 힘차게 걸으며
당신들이 남긴 소중한 발자취
시간에 묻혀가는 향수가되어
고이 고이 간직해봅니다

크리스 마스 요양원 방문길

추 수

꽃이 피고 희망을 잉태할때
열매가 한알 한알 불거질 때
혹시 아프지 않았을까?

어느새 가을이다
바람결에 실려오는
향기 가득한 노오란 들녘

할아버지 할머니
아버지 어머니 대를 잇는
추억의 향기가 텅비어가는
들판을 보람으로 마음을 적신다

바쁜 손놀림 대신
기계 소리에 묻혀 사라지는
문명의 흐름에
먹이 찾아 찾아드는
황새들의 걸음 걸음이 정겨웁다

얼굴에는 미소가 돌고
입속 가득 향기로 채워가는
잊지못할 추억을 연상하며
정겨움 더하는 가을의 향연이
내마음의 풍요를 선물한다

도자기

뽐내듯 다듬어 가는 그대의 손
세상을 아름다운 자연에 담아
사람의 마음에서 피어나는 꽃
한송이 한송이 피우며
영혼을 담은 걸작을 연출하네

곱디 곱고 고와라
손길로 빚는 마음이 곱고
웃음으로 피어나는
미소속 스미는 사랑이 곱고
작품속에서 피어오르는
마음이 더없이 고와라

예쁜 마음 사랑 흙속에 심어
연륜이 갈수록 성숙함이 묻어나
인생의 향기로 꽃을 피우는
당신이 주는 행복입니다

수줍은듯 숨었던 마음
시린 아픔도 사랑으로 심으며
작품속 혼을 담은 숨은 이야기
자연의 숨소리와 기쁨이되어
고마운 인생길 벗이됩니다

노년 아이

누군가의 가슴에 기대어
소년의 나로 별을 세어간다면
미래를 향한 멋진 비전을 갖고
꿈을 만들고 펼쳐 갈수 있다면
때때로 착각을하며 살아간다

그리고 그려가던 세상
정신없이 살아온 수십년 세월
추억 찾아가는 나를 위로하듯
짖궂게 불어대던 바람도
잠시 멈추어 내마음 받는다

아름다움은 오래 머물지않고
새싹을 잉태하고 튀우기위해
한알의 썩은 밀알이되어
자신을 내어주던 순간들

달빛은 어느새 잠들고

별빛은 더욱 짙어 가는데
그리움 황혼에 담아가는 세월
씨뿌리고 가꾼 인생의 향기
야속하게 나를 떠나가지만

미로속 인생길 채우는 이마음
시간이 더하여 갈수록
작은 별빛처럼 사랑으로 빛나
만들고 싶은 추억의 한페이지
지금 부르는 인생 노래입니다

비움과 채움

마음속 담을 허문다

일상적인 삶을 살아가며
한발 한발 걷는 발걸음
남겨가는 흔적들
꽃이진 그 자리에
빗물이 서러움을 채운다

다가오고 멀어지는
삶의 언저리에
그리움이 쌓여가고
흔들리는 시계추가
손짓으로 내일을 부른다

공의에 순종하며
정직을 좌우명으로
살아가고픈 나날들
무엇으로 충족되고

결과는 얻어가고 있는가?

오늘도 안갯속 발길
희망으로 노래한다
욕심이 아닌 보람으로
걸어가는 발걸음
내일이 나를 부른다

갈대

억새꽃 너풀대는 남한강 바람길
노랗게 피어나는 들국화
쑥부쟁이 밀어내고 밝게 웃으며
오가는 길손에 사랑을 보낸다

시간을 이기지 못하는
계절이 조화를 이루며
그리움은 자꾸 익숙해지고

고향 찾아 먼길온 청둥오리
너울너울 흐르는 강물따라
그들만의 놀이가 한창이다

평안을 갈망하는 노년 인생길
너희들이 주는 행복으로
바람끝에 흩어지는 사연 모아
마음속 그리움으로 저장해간다

희망과 아픔을 같이하는 세상
기쁨의 순간도 삶의 상처도
지나고나면 아름다운 기억으로
또 하나의 추억이 되련만
흐르는 시간 이별을 고하네

새들의 노래

나비 춤추고 벌들은 날고
산천은 풍요를 노래한다

전선줄 곡예하듯
매달린 찍바구리
친구 부르며 오라하네

나뭇잎사이 햇볕이
살포시 내려와
소리없이 다가오는
자연과 함께하는 밀어
달콤한 순간이된다

사랑이 그리워요
희망을 주세요
무슨 까닭에
새들은 저리도 즐거운가
오늘도 행복을 선물한다

변치않는 우정을 나누며
기쁨으로 화답하는
너희들만의 공간
하루 하루 살아감에
즐거운 에너지가된다

자화상

오늘도 걷는 이발길
내안에 나를 찾는다

꿰매지고 일그러져
방황속 그려져간
삶의 흔적들
사랑의 줄을 놓아본다

이슬맺힌 영롱한 물방울
햇빛받아 아름답게
빛나는 아침
살아 숨쉬는 모든 것이
축복의 순간이다

내안에 길을 놓아본다
기쁨으로 여는 하루
사랑줄 당기며 그려보는
마음에 간직한 보물들

연륜으로 피어나는 사랑꽃

내삶을 아름답게 만드는
다가오는 세월을
웃음으로 맞이하며
보람으로 채우어가는
오늘이 나를 일으키네

이유

눈으로 전하는 사랑의 이야기
바람이 말하여주는 계절의 향기
달려가는 세월 그러나 그래도
다양하게 해답을 찾아가는 이유

오늘밤 창가에 내려앉은 달빛
시려오는 마음을 달래준다
살아있음에 고맙고 감사하는
또 다른 여유에 마음을 담는다

손으로 세상을 만지고 느끼며
봄은 왜! 꽃을 피우는지
가을에 수확하는 열매가
삶을 얼마나 윤택하게 하는지
그저 고맙고 감사할뿐

언제나 가슴에는 푸르른꿈을
지친 인생길에는 마음의 꽃을

덩그러니 낯선곳 혼자라도
나의 삶은 사랑을 꽃피우며
꿈을 실현할 이유를 만든다

서리 꽃

어둠속 베일을 벗어버리고
새벽에 찾아 오신 손님
하얗게 피어올라
하늘을 바라보며
천천히 문열라 말하네

간밤에 이슬로 피어나
자연의 섭리에 고개 숙여
나누던 무언의 대화
하이얀 꽃으로 열매 맺어
마디 마디 사연을 전하네

미완의 시간속에 영글던
너만의 사랑이
햇살 받아 한방울의
이슬로 변할지라도

너만이 숨쉬던 공간

잊혀져가는 너의 모습
그리움으로 남아
생명의 신비를 선물하며
살아갈 이유를 말하네

축복

네가 생각하고 말하는것이
내가 말하는것의 답이라도
결국 우리의 삶의 종착역은
빈손으로 떠나는 인생길이지

외로운 마음 한종일 버려두고
살짝 내린 눈길을 걸으며
가로등 불빛 하나 둘 켜지는
길위에 내려앉는 어둠이
하루의 이별을 알린다

숱한 만남이 인연이되고
더러는 친구로 남아
터벅 터벅 느린 걸음으로
추억을 토닥이고 걷노라면
요샌 지나간 삶이 더그립다

사락 사락 내리는 싸락눈이

쌓여가면 지나간 날들이
어릴적 동화로 쓰여지고

한평생 무심코 지나치던
골목길의 우정어린 추억
세월속에 지워져가는 흔적들
첫사랑 그리며 머금어보는 미소
축복으로 남는 오늘이 고맙다

그림자

형체없는 빈모습으로
오늘도 내뒤를 쫓는 나그네
때로는 타인이 되어
구름속으로 사라져간다

자로 재어 볼수도 없고
헤아릴수도 없는 너의모습
그리움도 향기로움 조차도
나눌수 없음에 그림자로 불리나

가고픈곳 어디든
갈수있는 나이지만
때로는 외로운 벗으로
너만이 나의 친구가된다

오늘도 희망을 벗삼아
걸어가는 나의 동반자
내눈에서 벗어날 수 없는

너의 운명적인 미지의 길
나또한 사랑해가리

마음 꽃

마음으로 피워 가는꽃
사랑으로 피우기 위해
하루 하루 감사로 기도하며
보람으로 채우는 향기

누군가의 가슴을 두드려
여리고 작은 떨림도
하나의 열매가되고
소중하게 다가오는 시간들
사랑의 결실입니다

국화꽃 닮아가는 그대는
늦은 가을 감사를 배우나요?

봄비가 초록 초록
내리는 봄날에 오는 손님
살랑살랑 희망의 바람타고
갓 피어나는 민들레 꿈으로

따뜻한 햇살을 선물하고

사계절 능선 넘은 11월 길목
낙조가 떨어지는 들판위로
무리지어 나르는 기러기떼
진리에 순종하는 질서를 배우며
내 삶에는 평안이 같이합니다

나물 밥

내 그림자속의 숨겨진 사랑
흘러간것이 어찌 강물뿐이랴

정월 대보름 꽹과리 장구 소북
상구돌리는 농악패 쫓던 시절
마당쓸고 집단장하여 먹던 오곡밥
나물 반찬에 어머니 사랑 숨었었네

바람은 지평선 너머로
시간을 날리듯 보내버리고
휑하니 지나간 사연 품은 세월
멍멍하게 괴어있는 물이되어
가슴속 이야기로 남는다

시간은 꿈이다가 생시이다가
아무것도 아닌 것이 되어
추억속 사랑으로 남는다

반갑다고 고마웠다고
같은길 걸으며 친구가 되어준
이웃을 향한 감사의노래
오늘도 함께 걸어가는 인생길
고마운 마음 사랑실어 보냅니다

10월의 찬가

10월의 첫째 날
오는 손님 반기는 작은 화단
노오란 국화꽃 몽우리
밝은 가을 햇볕 포근히 안고
작은 미소를 보낸다

꽃이 피어나면 희망을
꽃이 지는 것을
슬퍼 하지 않는 것은
열매가 있기 때문이리라

바람은 꽃이 지는게 싫어
잠시 멈추었나 보다
따사로운 햇살이
들판의 향기를 몰고 온다

마음속 숨겨둔 이야기
하나 하나 내어 놓아

주옥같은 사연이 되고
수개월 땀 흘린 보람
결실로 열매를 맺어간다

오늘도 하루길 걸으며
만들어가는 노부의 찬가
나를 스며 들게하는
가을의 정취를 친구 삼아
마음의 문을 활짝 열으리

행복

아침에 눈을 뜨면 세상이
다가오고 마음이 열린다

밤하늘 겹겹이 쌓이는 별빛
너무 고와 눈으로 대화하다
할말을 잊고 말았다

바람은 꽃이 지는게 싫어서
고요로 시간을 밀어내고

작은 화분에 씨앗을 심고
커피 한잔의 여유로
평안을 즐기는 이마음

보고프고 그리운 사람들
흘러간 추억의 아픔조차
아름다운 기억으로 남기고
떠나 보내고 싶지않다

서산에 떨어지는 노을자락
햇살 늘어진 긴 오솔길
가슴깊이 간직해온 그시절
동심어린 마음을 담아
오늘도 행복을 찾아간다

사랑 놀이

지금 나에게 오는 사랑은
잊혀가는 그리운 시간들에
목마름에서 오는 사랑이다

한평생 도닥 거리고 살아오며
첫 사랑에게는 웃음을
길고긴 인연으로 얽혀진 사랑은
눈물과 침묵의 순간도 있었다

오늘 아침도 숲속을 놀이터로
떼를 지어 이동하는 산까치 무리
너희들을 바라보는 순간
오늘도 미래를 향한 내일도…
나의 길은 언제나 새로운길

작은 물방울이 그릇을 채우듯
이웃을 향한 자그마한 사랑하나
아픔을 같이하며 조금은 덜어주고

희망으로 생명을 살려 갈수있다면
내삶은 결코 헛되지 않으리

지금 바로 얻어지는 답이 없는
인생길 터벅 터벅 걸으며
한해를 준비해보는 독백의 시간
사랑 할수있는 소중한 오늘에
감사하며 사랑놀이 불러본다

감사 여행

오늘도 즐겁게 하루를
살아 가렵니다
사랑으로 기지개 펴고
그대의 마음을
가슴에 담고 싶습니다

둘이 걸어 하나로 가는길
슬픔도 반으로 나누고

늦은밤 찻잔속에 담아온
우리만의 숨은 이야기
그때 그 자리
그 시절 회상하며
지난날을 그려봅니다

보이지 않아도 느껴지는
익숙해진 마음의 소리
무언의 촌극속에서

얻어지는 답의 의미는
용서와 사랑이었지요

노을이 곱게 물드는
인생의 바람길 걸으며
사계절 뚜렷이 존재하던
지울수없는 그리운 세월
감사의 눈물이 나네요

초가집 인연

어릴적 추억의 한자락
따듯한 이불 아랫목
군불때며 형제애 나누던
그리운 순간들이 생각난다

지난 것은 아름답다
형제란 미움과 고마움이
공존하며 혈육으로
맺어진 사랑의 일촌사이

세월 넘어 강산도 변하고
문화와 삶의 자리도
간극으로 균열이 되었지만
추억은 그대로 살아
오늘도 애증으로 숨쉰다

세상의 희노애락과
인고의 세월을 견디며

마음으로 같이한
드라마같은 수십년 세월

고희 넘어 달리는 인생길
종착역 가깝지만
아쉬움 밀어내는 황혼길
어깨동무 하며 새록 새록
이야기하듯 살아갑시다

놓치지 말자

이른 새벽 들려오는 시계소리
눈을 비비며 하루가 열리고
또 속삭이며 나혼자 하는말
오늘도 살아갈 이유가 생겼다

사랑으로 흩어지는 향기로운
추억 하나 만들어가고
내 생각을 조금씩 끄집어내
어설프고 낯설은 시도 써보고

달콤한 생각에 젖어들어
혼자 느끼며 즐기고
흥얼거리는 독백의 시간들

비우고 떠나는 시간을 즐기며
오늘의 나를 충전시키는
내삶을 이끌고 놓고 싶지않은
생활의 긍정 에너지입니다

둥지

박 기 완 (외손자)

빨강, 초록, 하양, 조화롭게 장식된
구조물들 사이 나와는 관계가없다
생각한 것들이기에 덤덤히 지나간다

눈이 땅속으로 스며든다 펑펑내리는
눈 사이로 별이라도 보려하지만

별을 보지 못하게하는 가로등
짜증이나 피하려하자 또 나타난다

결국 별을 보지못한다

집에와서 어머니가 해준 밥을먹는다
옆에서 느껴지는 따듯한 시선

바로보니 눈동자에 반짝이는
무엇인가 느낀다 별이보인다

비로소 둥지로 돌아온듯한

따듯한 분위기를 내는 별 말이다

평안

바람 조차 낮잠을 자는지
고요속 정적이 길게 흐른다

햇볕은 유난히 빛나고
창가에서 느끼는 편안함
어느 순간 한낮의 졸음으로
차분히 스며드는 꿈속 세상
나만의 즐거움이다

걷고 걸으며 인내를 친구로
풋풋하던 인생 여정에
마침표는 우정과 사랑으로
나를 가두고 싶었다

허공의 구름이 붓이되어
파아란 하늘을 배경으로
한폭의 그림을 선물한다
하늘을 항해하는 조각배에

시름속 아픔을 떠나보낸다

거울처럼 맑디 맑은 창공에
마음 실은 한폭의 수채화
내마음 사랑으로 담는다
예쁜 마음 고이고이 간직해
희망의 노를 저어가리라

손자의 편지

TO. 할아버지

안녕 하세요 호산이에요
저는 할아버지 생일이 오도록 기다렸습니다
저는 할아버지를 볼때마다 행복하고 헤어지면
또 보고싶어요
그리고 할아버지 볼 뽀뽀할때 싫다고 말은 하지만
할아버지 뽀뽀는 누구의 사랑보다 훨씬 더많은
사랑이있어요
그리고 저는 할아버지와 같이있으면 마음이 편해지고
안정적으로 바뀝니다

사랑 ♡ 해요 호산이

황토방

찬바람에 휘둘리는 햇살이
힘을 잃고 계절은 아직 몸살중
왠지 혼자 남겨진 것 같이
쓸쓸하고 허전한 오후

바람소리에 놀란듯이
낙엽은 이리저리 정신없이
길을 잃고 헤매인다

검게 그을린 황토방 아궁이속
타오르는 참나무 장작은
아직 진액이 남은듯
하소연하듯 침을 흘리고

바람따라 춤을 추듯이
흔들리는 전기줄에
곡예하듯 움켜 앉은 산까치
빈자리 조차 용납안한다

투정부리며 짜증내네

기다리고 흘러가는 세월의 시계
장작더미 힘이 다하여 숯이되면
아궁이속 세월을 낚시하듯 꺼내어
위로받는 고구마 한소쿠리
삶은 또하나 행복을 건네준다

너에게 주고 싶은것

짙푸르던 초록의 계절
시간에 밀려 떠나가고

불어오는 바람속에
낯익은 향기
밤하늘 별빛 세어가는
햇살 맑은 가을이
나를 부르네

저렇게 저렇게 끝없이
내마음 사로잡으며
동심에 물들어가는 마음

뜨거움도 찬란함도
비우고 비워야
가벼워 질텐데
애써 이마음 지울수없네

꽃을 찾던 나비 밝은 햇살
노을 한가득 머금은 하늘
맑디 맑았던 어린시절
꿈싣고 희망으로 담고 담아
너에게 사랑으로 남겨 주고파

길

겨울 바람 등지며 오르는 언덕
마알간 햇살로 햇님이 반긴다

발걸음 멈추어 돌아다보고
또 돌아다보고
황혼이 호수위로 걸어가듯
나만의 노래로 내일을 바라본다

겨울 지나가는 마당은 하이얀 종이
그리움으로 소복히 쌓여가는
눈길 따라 바람이 팽이치듯 돈다

길은 사연을 담아 아침에서 저녁으로
내일을 기다리며 추억을 만들지만
인생길은 낙조가되어
입가에 미소로 남는구나

바람이 불면 나뭇가지 흔들리고

바람도 잠잠하면 쉼을 얻는
나그네의 마음 벗삼아
걸어가는 매일 매일 새로운 인생길
희망으로 열매맺어 내삶을 사랑해가리

사형제 나들이

가는 세월 붙잡고
걸어가는 형제의 시간
바람길 봄빛 친구로
추억 동반한 사형제
남도 향한 꽃길 열린다

초가집 구둘장 한이불속
모순 투성이 사랑 이야기
돌아보니 아름다움이 공존하는
손끝에 머무는 아련한 기억들

섬진강 물길 따라
상춘의 낭만객은
시인이되고 벗이되고
동심 어린 소년이 되어
걸어가는 우리만의 길

낯설지 않아서 좋았고

지나간 추억들이
새롯 새롯 돋아나는
시간이 그려가는
맛깔나는 이야기들

이쁜 마음 이쁜 꽃잎
바람에 날리는 꽃들도
밝게 안아주는 햇살도
마주해온 연륜을 친구로
세월이 우정을 더하여
사랑으로 노래해주네

초롱 박이

햇살 밝은 감미로운
어느 따듯한 봄날
하늘나라 별이
우리집에 선물로 왔다

주고 또 주고 싶은
너와의 사랑살이
한잎 두잎 꽃으로 피어
발그레한 볼 예쁜 웃음
바라보는 눈이 시리네

작은손 꼼지락 발가락
사랑으로 가득찬
네가 숨쉬는 작은 소리들
생명의 고귀한
음성이 가슴으로 들려온다

아침에 눈을 뜨면

활짝피어 웃음의 꽃으로
새록 새록 잠이 들면
하늘에서 보내준
아기 천사의 천진한 모습

하루를 늘리고 늘려
너의 소중한 모습을
내 마음에 담고 담아
이순간 영원히 간직하고
기억하며 사랑을 보내리

가을의 독백

요람에서 시작된 함성
인생의 시발점을 알렸다

지나간 추억들이 마음의
사진첩을 만들어가고
교착되는 인생길 여정
고난에서 얻은 지혜는
축복을 덤으로 주었다

롤러코스터 같은 인생길
마음속 일기장 연륜이되고
시간이 쌓여 이야기 남는다

자식 낳으며 사랑을 배우고
늘어가는 주름살은
또 다른 인생길 미소
이 또한 나의것이니
부디 즐기면서 살아가자

농부의 삶 친구로 선택하고
낙원의 꿈 기대하는 고향살이
비움과 채움을 같이하는
거부할수 없는 순리의길
내일을 희망으로 열어갑니다

또 한해를 ?

함박눈 소리없이 쌓여가고
숨소리 조차 언어가되는
별빛 기다리는 창가에 앉아
커피 한잔의 여유를 즐긴다

일년을 가슴에 묻어 가며
아름다운 꽃도 피고 지고
사랑은 야속하게도 이별을 …
그리움이 아픔이 된다는것을
그때는 정말 몰랐지!

그러나 이 또한 지나가리
꽃이지는 아픔뒤에는 열매가
꿈을 심어가는 마음 마음에
아름다움이 더 많다는 것을

하고 싶은 일은 미루지말고
사랑하는 사람이 있다면

표현하며 오늘을 살아가자

차갑고 메마른 이계절에도
인내속 동백은 생명을 잉태하고
눈속에서 꽃을 피우는 복수초
불어오는 바람 끝에 속삭이듯
사랑의 노래를 불러주세요

갈무리

세상살이에 뭐가 그리
미련이 많을까?

시절 따라 찾아오는
모든 일상들이 행복인데
눈앞에 보이는 그림만
추상적으로 그려간다

할일 잘하고 있는가
시간을 붙잡고 물어본다

꽃 한송이 심어보고
정을 나누며 사랑할 여유
삶의 부자로 살아가자

지나온 날들을 소중히 담아
아침을 희망으로 맞이하고
마음속에 비전을 채우며

현실을 아름답게 그려가리

고갯길 오르고 내려가는
갈증나고 허기진 굴레의 삶
당신이 주신 사랑에 기대어
기쁨으로 준비하며
열매 맺기를 기도합니다

나이 들어감의 즐거움

잊는다 하여 잊을수 없는 것
내 나이 고희(古稀)를 넘어섰네

지우려 하면 아무 흔적없이
지워졌으면 좋으련만
쌓아온 연륜으로 오늘을 사네

어린시절 어른이 될날을 기다리고
성년이 되어서는
늘어나는 가족이 기쁨이 되었네

살아온 세월의 흔적
지난날 내 모습은 아니보이고
마음으로 그리워하며 투정 부리네

가는곳 걷는곳 발자국 추억삼아
나이를 먹는 재미로
그리운 내 모습 찾아가네

비

하늘과 땅 그리고~
그것을 연결해온 여호와의 전사

태초에는 혼돈의 궁창으로
노아의 방주때는
하나님의 섭리로
오늘은 자연을 포용하는
부드러운 이웃이 된다

봄은 기다림으로
생명을 잉태하고
여름은 그를 맞이하며
갈증난 허기를 채운다

때로는 거칠고 모질게
우리에게 다가오고
어느 순간 우리를 감싸안으며
동반자로 친구가 되어감은

이 세상에
존재할 가치와
가야 할 여정
지키고 해야할 약속
나누어 열매맺는 아름다움

모두를 사랑하고 품어주는
그의 다양함에

삶의 지혜와
주님의 사랑을 배워간다

철들나이

바람에 떨어지는 나뭇잎
이리 저리 뒹굴으며
변덕스런 세상살이가
흔들리는 삶과 비교된다

나를 비우며 살아가리
갖고 싶은 것 너무 많아
움켜진것 내려놓고
빈손으로 사는것도
즐거움의 일부가 되리라

생각을 정리해 글도쓰고
지난날을 회상하며
연륜에서 얻은 자산으로
성숙한 인생을 그려가리

기다려 주고 애태우며
사랑으로 지켜주고

놓치기 싫었던 지난날

미완으로 이어지는 인생
언덕길 오르니 내려가는길
더 멀게만 느껴지네

열심히 살고 사랑하자고
다짐하고 기도하며
오늘도 새벽을 깨우는
내 삶에 희망이 다가온다

망각의 여정

삶은 이야기를 남기고
그리운 친구로 남는다
고향길 걸으며 느껴가는
추억속 다양한 기억들

코흘리개 수건 가슴에 달고
오가던 논두렁 통학길
혹한의 겨울 달래던
갈탄 난로의 애틋함이
향수로 가슴에 스며든다

어제도 그제도 문득 문득
그리움 더하여 생각나는
할머니의 잔잔한 눈가의 미소
정성어린 손길로 기적처럼
만들어준 엄마의 요술 밥상

그때 그 자리 오늘 이 자리

그리움은 마음 저리듯 다가와
미소로 잔잔한 여운을 남기네

촛불이 되어 자신을 태우던
아름다운 그대들의 발자취
부모의 마음으로 다시 이어져
그 사랑 이어 가렵니다

거울

거울 속 하늘을 본다
또 하나 펼쳐지는 새로운 세상
마음으로 그림을 그려
창공에 조각배를 띄운다

3월의 자연은 미래를 준비하는 계절의 여정
4월은 인내 속 베일 벗는 산야들의 축제
5월의 여왕은 희망의 내일을 준비하리니

교차되는 혼돈 속
흔들리는 시계추에 길을 묻는다

인생은 들떠있는 소풍길
아침으로 희망을 노래하며
낮으로는 채워갈 앞날을 계산한다

남아있는 여백은
거울 속 비치는 내 삶의 자화상

해답없는 공간 속
시간의 연륜으로
영혼을 노래해 가리니

파아란 창공에 거울 속 조각배 띄워
내일의 비전을 아름답게 펼쳐 가리라

생명의 빛 예수

아름다운 사람들과 자연이 어우러져
천국을 향한 소망이 피어나는이곳
조용히 고개숙여 주님을 바라봅니다

주님은 주관자 믿음은 축복의 통로
긍휼을 베푸시는 하나님의 어린양
그~ 사랑 안에 모두 하나되어 갑니다

우리는 영과 육이 하늘에 속한 사람들
억눌림에서 자유함 받고
지치고 힘들 때 위로 받으며
이웃을 향한 사랑의 손길을 멈출수없어
하나님 나라를 바라보며 실현해 갑니다

가인을 잊지 않으시고 유다를 포기하지
않으셨던 그 사랑은 무한합니다
삶의 목적을 어디로 정하느냐에 따라
영혼의 안식과 평안이 내일을 열어줍니다

천국은 예비된자의 축복의 통로
그 꿈을 준비하는 믿음의 사람
하나님의 자녀되는 축복이 같이합니다

주님은 손짓하여 우리를 부르십니다
내양을 치라, 내양을 먹이라

그 부름에 순종하여 열방을 향하는
비전은 오늘도 나래를 펼쳐갑니다

2020

투덜 투덜 걸어가는 365일
시작과 끝이 어수선한
해답없는 너로인해
우리는 절망을 안고
소망을 품는 지혜를 배운다

가는길 막히는 줄도 알게되고
세상을 그려내는 존재가
우리가 아님을 이제야 깨닫는다

2019 시작된 covid19
우리 위에서 존재하는
또 다른 세상을 바라보며
겸손과 순종을 배운다

잘해라! 노아의 방주같은
세상을 만들지말자 부탁한 말씀
그분의 약속 기억합니다

회개합니다 사랑합니다
내일을 여는 지혜를 주소서

30일 남짓 남은 2020
고통을 인내로 내일을 설계하며
오늘을 순종으로 살아가는
희망의 날을 시작합니다

강천섬

채 밝지 않은 동쪽 하늘 바라보며
여명에 비치는 너의 모습 벗삼아
신선한 아침 공기 호흡하는 사람있네

강천보 물안개 피어올라
아스라하게 이어지는
너와 나의 영혼의 협주곡

나를 가두었던 마음의 문 열고
미끄러지듯 다가오는
너 떠나는 쓸쓸한 마음 달래고파
빈자리 채우는 세월이 야속하구나

너 돌아와 거울 앞에 서면
끊을수없는 영원한 친구로 남아

그대 떠나고 여기 없어도
그 자리 그 모습 기억하며

내 기쁨 나누어 함께 걸으리

충주 여행길

어제도 그제도 그저 그렇게
흘려 보내고 오는 세월
바람 향기 가득한 싱그러운날
햇빛 밝은 중원의 중심 도시
정겨움 더한 사랑의길 열린다

삶의 욕심이 빈자리를 채우고
갈증속 부족함만 늘어가는
마음의 찌든때 벗어버리고
아름다운 사람들과 동행하며
자연이 선물하는 평안의 여정

애쓰고 달래며 투덜 투덜 걷는
매일매일 반복되는 인생 노래
지나간 추억으로 묻히어갈때
이 시간이 너무 좋았노라고
한편의 그림되어 남게하소서

얼굴에는 미소가 피어나고
웃음속 맛으로 채우던 먹거리
단풍잎 날리는 월악산 산책로
벌써 그리운 추억이 됩니다

언제인가 우리만이 만들어갈
새로운 인생 여행길 기약하며
황혼에 물드는 노을길 벗삼아
함께 부르는 사랑의 노래
믿음의 우정으로 남게하소서

영혼의 나침판

나는 세상속의 방황자
나를 운전하는 당신은
내 삶의 네비 게이션

생각을 정리해주고
사랑을 알게하고
오늘도 나를 지탱하며
기쁨을 찾아가는
에너지를 받는다

요람에서 무덤으로
토기장이 손길로 빚어져
본향을 향하는 발걸음
인생 시계는 돌고 돌며
삶을 재촉하지만

생명은 위로부터 오고
육신은 유한하니

삶이 제한적으로
다가오고 멀어질 때
당신이 안내자입니다

작은 희망의 촛불이
에너지로 전환되어
진리를 탐구하며
사랑 찾아 걷는 인생길

내일의 소망을 품고
당신의 온기 받으며
하루를 여는 지혜를
기쁨으로 시작하게 하소서

해운정에서

눈부신 햇살은 바다로 향하고
하늘 바다 맞닿은 수평선 끝자락
어렴풋한 그곳에 대마도가 보이네

아랫마을 청사포구 향하는 길목
마을 지킴이 해송이 홀로서서
오가는 길손 반갑다 인사하며
어촌 찾는 관광객 맞이하네

불러낼 사람 별로 없고
만나줄 여유 없는 황혼의 여정
가는 세월 만큼 잊혀지는 친구들
너울대는 파도속에 묻혀가네

아름다운 추억이랑
해운대에 남겨두고
달맞이 길 돌고 돌아
동백섬 꽃향기 벗하며

걸어나 보자

천년을 더듬어
해운정이라 이름붙인
해동공자 최치원 선생이
사랑하던 그길에서
오늘 나 또한 위로 받는다

겨울비

똑딱 똑딱 흔들리는 시계소리
촘촘하게 짜여진 일상이 멈추고
입춘 넘은 2월 시간 잃은 겨울비
처마 끝에 서럽게 운다

어차피 흘러가는 세상
혼자 거니는 걸음도 아닌데
외로움 끝에 매달린 삶
터벅 터벅 걸어가는 나그네 인생
조바심 안고 서러움 왜 느낄까?

찬바람에 마른풀잎 부서지는
물방울 울어대는 애달픈 소리

하루는 원망 하루는 위로로
매일 매일을 그려보는
알것도 모를것도 같은
빙빙도는 내마음의 빈자리

모질게 신념으로 이어가는
너의 소망을 인내로 담아
기다려지는 요정들의 봄잔치
내일을 꿈꾸며 희망을 품으리

올챙이 부부

스스로 저질러 놓고
잘했다고 우겨대며
스스로 올가미를 만든다

언제 그랬어 타고난 기질이야
고치지는 않고 잘났다고 들이대다
오늘도 결국 후회로 끝난다

다시 오지 않을 세월
사랑이란 단어로 하루를 살지만
꺽이지 않는 자아는
내 삶을 어디로 몰고있나?

익은 세월 만큼 겸손하고 성숙해가자
표현하고 사랑으로 존중하며 살자
어제 했던 다짐들이다

살아가는 시간 속도를 더할 때

나의 삶의 균형을 유지해주는
현실에 적합한 말 한마디 한마디

흔히 듣지만 표현하기 힘든
하루를 행복하게 만들어주는 말
기억하며 사랑의 내일을 준비한다

철없는 인생 계절

걷다 보면 풍경속으로
걷다 보면 시간속으로
기다린만큼 아쉬움이 남는
이별은 하고 싶지않았다

짙어가는 가을빛 친구삼아
나안에 너를 사랑하고
너안에 나를 만들어가는
십일월은 일과 1이 만나는달

그대 그리고 나, 머무는
활짝 열린 대문으로
저마다의 색깔로 풀어낸
자연을 맞이한다

스쳐 지나가는 인생 향기
비탈길도 굽은길도 마다않고
노심초사 걸어왔는데

자연을 친구로 벗삼아
오늘은 천천히 걸어가련다

파란 하늘 하얀 구름 머무는
산그늘 깊숙이 박힌 남한강
강천섬 수놓은 은행나무 길

감성에 젖어 시를 쓰고 즐기며
철없이 걸어가는 인생이 고맙다

한마디 말로

노랗게 발그스럼하게
물들이던 가을이 가고있네
서산에 걸친 노을자락
살짝내린 어둠을 안고
시새움하듯 내려않는다

집찾아 이동하는 철새들
나락 쌓이던 들녘은
스산한 바람 이기지 못하고
침묵으로 조용히 배웅하고

싱그럽던 봄의 추억도
한낮을 태우던 불볕 더위도
시간에 밀려 자취를 감추고
들판에 홀로 핀 들국화
외로운 인사를 하네

오랜 기다림은 아쉬움으로

흐르는 세월은 미련의 여운을
너와의 추억을 시간에 담아
가슴에 묻어둔 사연
한마디 말과 글로 남기어

살아온 지난 세월이
항상 이처럼 흘러 갔노라고
그저 그럭 저럭 행복하게
살았노라고 말하여 주리라

이런 하루

꽃 한송이 바라보며
기쁨을 간직하고
꽃잎 날리는 창가에서
허전함을 달래어본다

보고픈 얼굴들이 스쳐간다
불어오는 바람아
향기로 내마음 씻기어 주고
잠시 쉬어 가려무나

멈추듯 서서히 흐르는 시간
정적을 밀어내고 사랑이온다

그리 그리 살아가며
작은 소망으로 꿈을 만들고
이루어낸 현실이
삶에 버팀목으로 남는다

불평이 아닌 보람으로
써나가는 육필 일기
희망의 삶을 노래하며
흐르는 시간에 추억을 담아
내일을 아름답게 채우어가리

부모

아비와 어미로 산다는 것은
때때로 외로움으로
때로는 행복에 젖어
인생의 퍼즐을 맞추고
퀴즈를 푸는 즐거움이있다

우리의 시선이 머무는곳에
삶이 존재하기를 기도하며
일상의 작은 소망들이
행복감으로 다가올 때
여기까지 오느라 힘들었지

스스로 답을하며 마음 달래본다

오늘도 걸어가는 인생 여정
시간의 마디 마디 안으로
발을 내딛고 좀더 성숙하게
조금 더 깊은 생각으로

아름다운 추억을 남기고 가자

저녁에 돌아갈 집이있고
챙겨야할 가족이 기다리는
창가에 스미는 달빛을 친구로
삶이 노래가되어 위로받는
이 멋진 세상 즐기며 살리라

흰 머리 훈장

추수를 끝내고 하루가 다르게 성장하는 무 배추를 바라보며 새로운 희망을 품어본다. 참으로 내 인생이 멀리도 돌아서 와있구나.

어느덧 고희를 넘어 팔순으로 달려가는 인생길. 좋아하던것 더 내려놓고 사랑하는 사람들은 하나둘 짐을 챙겨 먼길로 서둘러 떠나가고 그래도 지나간 날들은 그립기만하고 뭐 그리 그리 살아가야지!

생각해본다. 어제 일이다. 미국에서 살고있는 지인 두분이 우리 가정을방문하여 2박3일 계획으로 좋은 추억을 함께 만들어 가고 있다.

2년만에 상봉이지만 세월따라 나타나는 인생의 그림자 마음에 담고 살아온 세월의 이야기들 누구나 저마다의 흔적에 지난날을 묻어가며 여백을 채워가지만 얼굴에 나타나는 표정에서 삶의 이야기와 노래가 나오고 흘러간 순간들을 연륜의 성숙함으로 추억을 아름답게 그려가며 살아 갈수 있기에 오늘도 그저 그렇게 견디나보다?

컴퓨터와 씨름하다 모자라는 실력에 한계를 느끼고 이런 생각을해본다.

그래도 칠순이 넘은 나이에 나만큼 긍정의 힘으로 살아가는 사람은 많지 않을거야 새벽 5시면 어김없이 기상하고 기도하고 하루의 일과를 준비하고 또 벌써 세 번째 책을 준비하고 있잖아 건강이 허락하는한 농사일도 열심히 더할것이고 삶을 사랑하며 생각을 많이하고 살아가자.

이모든 것이 오늘의 나를 이끌고 있다는 생각을 하게된다. 항상 지금의 이순간이 새로운 출발이 되고 있다는 신념으로 살아가리라.

추억으로 날려버린 바람같은 세월을 살아가며 손에 잡히지 않은 시간을 쪼개고 살았다는 생각을 하게된다. 붙들어 매어 둘수없는 시간을 보내며 현재의 삶에서 내가 할수 있는것은 무엇일까 생각하고 정리하며 인생의 긴 끝자락 잡고 씨름 하지말고 내가 할수있는것 즐기고 살아가자.

이제는 홀가분한 마음으로 여행도 하고 글도 쓰고 받아 주지않는 세상 타령이아닌 인생의 멋진 훈장을 몸에서 반응하는 만큼 만들어 가자.

얼굴에 나타나는 표정 늘어나는 주름 흰빛으로 변하는 머리 모양이 당연한 현실을 자랑스럽게 생각하며 오늘도 사랑의 하루를 즐겁게 시작한다 ♡